衛斯理系列 少年版 33

紅月亮

下

U0130633

作者：衛斯理

文字整理：耿啟文

繪畫：鄺志德

衛斯理
親自演繹衛斯理

老少咸宜的新作

　　寫了幾十年的小說，從來沒想過讀者的年齡層，直到出版社提出可以有少年版，才猛然省起，讀者年齡不同，對文字的理解和接受能力，也有所不同，確然可以將少年作特定對象而寫作。然本人年邁力衰，且不是所長，就由出版社籌劃。經蘇惠良老總精心處理，少年版面世。讀畢，大是嘆服，豈止少年，直頭老少咸宜，舊文新生，妙不可言，樂為之序。

倪匡　2018.10.11　香港

主要登場角色

巴圖

史萬探長

衛斯理

白衣人

保爾

第十一章

外星人的問題

　　我懷疑把我 **禁錮** 的白衣人不是地球人，一問之下，對方略感驚訝地說：「你很聰明，直到目前為止，你是我們接觸到的人類中，最聰明的一個。」

　　「為什麼？」我問。

　　「因為你問我們是從哪裏來的。只有你提出過這個 **問題**。」

　　「那麼請你回答我。」我再次逼問，心裏十分緊張，因為眼前這個白衣人全身都罩着白衣，如果真是從外太空

來的，他的**真面目**會是什麼樣子？

我不由自主地喘着氣，等着對方的回答。

但那白衣人只說：「你似乎對我們十分好奇，但其實我們對你們人類才真正感到**疑惑**。我們想讓你看一些東西，希望從你口中得到答案，解開我們的疑惑。」

我呆了好一會，才問：「要我看一些什麼？」

「很簡單，只是一些地球上發生的事。」他說。

他們能夠**不動聲色**地令普娜和另一個男店主突然暴斃，又能隨便清除我和巴圖的記憶，我根本沒有別的選擇，只能合作，希望能打探到保爾和巴圖的**消息**。

「好，在哪裏看？」我問。

「請跟我來。」

那白衣人向前走去，我在後面跟着，來到了一面雪白的牆前，白衣人伸手在牆上按了一按，他的白色手套與白

牆同時閃了一下 光芒，然後牆上的一道暗門便打開來，

白衣人隨即向門外走去。

　　我仍然跟在他的後面，門外是一個穿堂，一切都是白

色的，穿堂的中心是一條十分粗大的 圓柱 。

　　白衣人帶着我，直來到圓柱前面，「唰」地一聲，圓柱打開了一個半圓柱形的門。他走了進去，我也跟着進去，和他並肩而站，然後門關上，我感覺到我們正在**向下降**。

　　自離開了普娜的小吃店，來到這裏之後，我所看到的一切，全是白色的。我不禁問他：「看來你們很喜歡**白色**。」

　　白衣人卻笑了一下，「你不會明白的。」

　　這時，下降的感覺停止了，門再打開，我們到了一個巨大的大堂。

　　那大堂像一個大城市的火車站，上下四面依然是白色，大堂中有七個同樣的白衣人，坐在一座巨大的控制台前面，那控制台上有着各種各樣的按鈕，還有許許多多明滅不定的**小燈**。

那七個白衣人並不轉過頭來，自顧自地工作着，而那個帶我前來的白衣人，則將我領到了一張**沙發**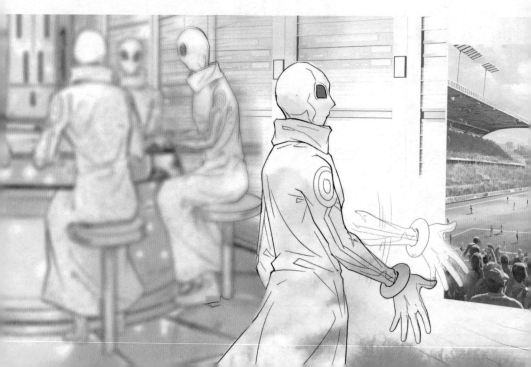前，揚了一下手，「請坐。」

我坐下來，那白衣人説：「請你用心地看，然後解答我們一些問題，因為你是直到目前為止，我們遇到過**最聰明**的人。」

我立時試探着問：「我的朋友巴圖和保爾呢？」

　　「他們很好，但我們的疑問，還是得靠你來解答。」

他說罷便揚了揚手，大聲道：「開始了！」

　　話音剛落，我眼前突然感到一陣**目眩**，面前出現

了**絢爛**的影像，色彩傳真度極高，有如身臨其境。我

看到了藍天、白雲，然後又看到了成千上萬衣著絢麗的男

女。

　　那是一個極具規模的足球場，而且顯然正進行一場十

分精彩的 **足球比賽** 。

　　我身邊的白衣人告訴我：「這是巴西的聖保羅大球場，請你留心看。」

　　那的確是南美洲，因為只有南美洲的足球迷，才會在球賽中展現出那樣 **瘋狂** 的神情。他們不論男女，都在張大喉嚨叫着，揮着手。

　　看了約莫十分鐘之後，事情便發生了。

　　那是突如其來的，比賽中的某一隊踢進了一球，該隊的球員和支持者熱烈 **歡騰** 之際，球證卻判決入球無

效，這引起的**爭議**有多大，可想而知。

　　球賽先暫停下來，接着便是觀眾湧入球場，然後我看到一大隊警察衝了進來。

　　接下來，事情便發生了。我所指的「事情」，就是一場**失控**的動亂：觀眾與球證、球員、警察互相毆打，幾萬人都像瘋了一樣，爆發了一場可怕的暴動！

　　在南美洲，足球暴動並不是什麼特別的新聞，但如我眼前所見的規模，加上那種血肉橫飛、**身臨其境**的感覺，使我十分震撼，喘不過氣來。

　　我還看到有兩個中年人，被推倒在地，上千的人就在他們的身上踏了過去。我又看到，一個只有十四五歲的少年，被人用小刀子用力地刺着。

　　互相群毆的場面隨處可見，所有人都像 **瘋狗** 一樣，用盡身體每個部位，甚至拿起所有能拿到的物件作為武器，互相 **攻擊** 對方。

　　我不知道自己看了多久，才見到直升機飛來，人群才開始作鳥獸散，但沿途依然破壞着他們所經過的地方。

　　在球場上，遺下的是一具又一具的屍體，數目至少在二百具以上。當我看到這裏的時候，白衣人揚了揚手，我眼前的影像便「熄滅」了，而我的心情未能平復，坐着 **發呆** 。

　　好一會，我才聽到那白衣人開口問：「我們想問的是，為什麼好好地尋找娛樂的人，會忽然 **自相殘殺**

起來，完全失去**常性**，拚了命要了結對方的生命？他們

真是人類麼？」

第十二章

他們的目的

我苦笑了一下，「他們當然是人。你該知道，人是有**情緒**的，對賽雙方自然都希望自己勝出，而球證的一個裁決，往往可以扭轉賽果。一旦某一方不認同球證的判斷，就可能導致爭執，甚至動起武來。」

「那麼，除了流血之外，難道就沒有別的辦法？」

我不禁嘆了一口氣，「人在激動的情緒下，很難保持**冷靜**。」

白衣人冷笑了一聲，「朋友，這樣看來，地球人實在

還是一種十分 **低等** 的生物，因為你們根本不能控制自

己。」

　　聽到他這樣說，我心中自然有點不快，可是又難以反

駁他，因為活生生的事情就擺在我們眼前。我只好反問：

「那麼你呢？你是不是  ？」

那白衣人對我的問題避而不答，卻繼續攻擊人類：「地球人之低等，是近乎無知和愚蠢的程度。竟然為了一場球賽的勝負，而演變成如此兇殘的屠殺，簡直**匪夷所思**。」

我站了起來，「先生，剛才我們看到的，只是一個極端例子，你怎麼能**以偏概全**！」

白衣人「望」着我，我當然看不到他的眼睛，因為在他的眼睛部位，是兩片反光玻璃，但我感覺到他在望着我。

他說：「若把剛才發生的事稱為極端例子，倒不如說那只是**冰山一角**，因為比它更『極端』的例子比比皆是。我可以讓你一一欣賞，請坐。」

我還未同意，面前又顯示出影像來，我只好坐下，被迫觀看。

畫面播放着世界各地人類的紛爭、動亂、戰火、殘殺、暴虐，還有各種對社會道德、制度、倫理和生態環境的嚴重**破壞**。那些人類像是失去了**常性**一樣，正如那白衣人所説，是低等愚蠢的生物！

我張大了口，喘着氣，不斷揚手道：「別看了！別看了！」

我一叫，影像便熄滅了。

等我喘過氣來，白衣人才開口問：「剛才看到的，全發生在 **地球** 上，包括南北半球、七大洲五大洋、百多個國家、過千個民族、男女老幼，還有什麼遺漏了的地方嗎？這樣還算以偏概全？」

我一時語塞，**無從反駁**。

白衣人又說：「他們不是低等至極的生物麼？根本還未完成高等生物的進化，你同意這個 **結論** 嗎？」

我十分困難地搖了搖頭，儘管我心中其實同意他的結論，但是我必須搖頭，因為我是地球人的一分子！

他冷笑道：「我們讓你看那些畫面，就是想給你為地球人 **辯護** 的機會。不過，我們知道地球人還有另一個缺點，那就是喜歡掩飾，不肯認錯，往往造成更大的錯誤。」

　　我張開了口，欲言又止，一時間不知道該怎麼替地球人辯護。呆了好一會，我才說：「高等和低等是相對的。在整個 **浩瀚無際** 的宇宙中，地球人可能比你們低等；但在地球上，人卻是最高等的生物！」

　　那白衣人卻乾笑起來，「我只同意你的前半段話，後半段卻不敢 **苟同**，因為即使在地球上，人也是極低等的。」

　　「你胡說！」我激動道。

　　他攤了攤手，「你不妨想想，地球上有哪一個物種，會不斷地自相殘殺？」

　　他的手又指向空中，空中立時顯現出一連串人類自相殘殺、**炮火連天**、血肉橫飛的畫面。

　　我看到數以萬噸的糧食被棄置，同時又看到了數以千計 **骨瘦如柴** 的飢餓者，在死亡的邊緣上掙扎。

那種 **醜惡** 之極的事實，我身為地球人的一分子，也無法看下去。

我嘗試找出人類優秀的一面來回答白衣人：「可是你也不能否認，在人類歷史中，雖然殺戮沒有停止過，但也不斷在 **進步**！」

白衣人卻搖着頭，「由於天生的劣根性，地球人的進步至少被延緩了幾千倍。你們常稱頌愛因斯坦，認為他是

你們之中最偉大的科學家，可是如果愛因斯坦不幸死於  炮火 之下，地球人的進步又要延遲了。而事實上，愛因斯坦只不過是千千萬萬的天才中，倖免於難的其中一個而已。地球人一面想進步，一面卻屠殺着將來可能成為 天才 的人！」

我不服輸，大聲道：「難道你認為地球人的文明毫無可取之處？」

他竟**斬釘截鐵**地說：「沒有！生物的最高目的是生存，可是地球人的文明卻以毀滅生命為目標，製造了可以摧毀地球上所有生命的毀滅性武器，天天浪費掉足以拯救全球飢民的糧食！」

我實在無話可說，因為那白衣人所講的，全是難以辯駁的**事實**。

我沉默了近五分鐘，他忽然嘆一口氣說：「多謝你的**合作**。」

我搖着頭，「我並沒有和你們合作過什麼。」

但他解釋道：「事實上，你幫了我們很大的忙。我們來地球研究和蒐集資料將近半年，初步得出一個結論，就是地球人很卑劣和低等。不過，這畢竟是我們自己的主觀判斷，為了**公平客觀**，必須讓地球人有親自辯護的機會。」

我苦笑道：「所以，我幫你們證實了地球人有多卑劣嗎？這個結論對你們有什麼**意義**？」

「意義可大了。這個結論，又引申到另一個結論，那就是：就算沒有任何外力介入，地球人喜歡自相殘殺的天性，必會導致地球人的**滅絕**。」

「那又怎樣？」我不客氣地問。

白衣人猶豫了一下，才說：「反正我們有辦法使你失去記憶，所以也不妨告訴你，我們準備提早結束地球人胡鬧的暴行，也就是說，我們要毀滅所有地球人。」

外星人侵略地球的幻想故事**屢見不鮮**，但活生生在我面前發生，卻使我震驚不已。

我怒斥道：「侵略者總有着各種各樣的藉口，你們的目的，只不過是想**佔領地球**而已！」

白衣人 **直認不諱**：「是的，我們原來居住的星球

太擁擠了，必須另覓適合居住的地方。我們並不是一開始

就看中了地球，地球已是我們的第二十七站，也是我們所

見過，由最卑劣的生物所支配的一個星體，所以我們決

定──」

　　我立即大聲道：「你們不能因為地球人有**缺點**，就強搶地球！」

　　白衣人嘆了一口氣，「看來你仍然不明白，我們絕不是強搶地球，只是讓地球人全體滅絕的日子提早來臨，避免地球繼續受人類的破壞和**摧殘**。」

　　「放屁！」我厲聲道：「就算人類真的走上自我毀滅的道路，也是人類自己的事，你們不能奪走人類繼續生存的**權利**！」

　　白衣人卻搖頭，「地球人沒有這個權利。」

　　「這算什麼話！」我怒罵。

　　他十分冷靜地說：「你不要以為我不講理。地球將來一定會毀滅於醜惡的**核子爆炸**之中，那麼，人類又有什麼權利要地球上其他所有生物一起陪葬？而且，這種毀滅必然會對地球造成嚴重的破壞，使地球變形，以

致整個宇宙間的 **平衡** 也起了變化，受影響的星球數目將近兩億，而在這兩億個星球上，有一百四十六個是有生物存在的。」

我質疑道：「你們的星球是其中之一？」

他說：「雖然我們的星球距離地球超過三十萬光年，地球就算整個 **爆裂** 了，對我們看似不會構成威脅，但宇宙萬物是互相影響的，一個星體的爆炸，也能改變整個宇宙的平衡。」

聽了這番話，我不禁驚呆住。這些白衣人果然來自別的星球，而且他們的星球距離地球有三十萬光年之遙，就算以光的速度前進，也要花 **三十萬年** 才可到達，那麼，他們是怎樣來到地球上的呢？

第十三章

地球人類是生物垃圾

　　他們來自三十萬光年以外的星體，居然能夠來到地球，説明他們的科學水平遠在地球人之上。他們要毀滅地球人，豈不是 **易如反掌**？

　　我深吸了一口氣，戰戰兢兢地問他：「你們準備用什麼方法來毀滅所有地球人？」

「當然是絕無痛苦的方法，我們不喜歡傷害生命，但是最愛惜財物的人，也會將垃圾掃出去，你明白麼？」

我 **苦笑** 了一下，盡最後努力為人類辯護：「地球人不全是垃圾，固然有些爭權奪利，弄得 **天翻地覆** 的瘋子，但是也有許多愛好和平的人。」

白衣人靜默了一會，才說：「我不否認有少數這樣的人存在，所以我們一定要用沒有痛苦的方法，在一瞬間盡滅人類，不帶來任何痛苦，也絕不影響其他生物。這樣的方法我們還在研究中，但相信很快就有結果。」

這時我想起了 **紅月亮** ● 的現象，立即問：「蒂卡隆小鎮的居民曾經目睹月亮一度變成紅色，那是不是和你們毀滅地球的方法有關？」

他解釋道：「那時我們有一些重要的裝備需要運來地球，為了不讓地球人看到，我們運用了一種射線，改變人

的視力，使其看不到有 **龐然大物** 從天而降。而這個

小鎮的居民距離我們基地最近，那種射線對他們留下了極

短暫的 **後遺症** ，使他們的視覺細胞對月亮反射出來

的紅色光譜特別敏感，以致看到月亮是紅色的，那實在是

一個短暫的 **副作用** 而已。」

　　「紅月亮」之謎總算有答案了。

我在想，一時間要 **勸退** 這些外星人，並非易事，但至少也要把我的同伴先救出來再說，我於是直接問：「我可以和我的朋友見面麼？」

白衣人回答得非常爽快：「當然可以，你們甚至可以離去，不過在這之前，你們必須接受 **刪除記憶** 的手續。」

我不禁怔了一怔，上次我就是這樣失去一天記憶的，如果他們 **故技重施**，那麼剛才我好不容易才獲得的資訊，豈不是會完全忘記？

「你們真有辦法刪除人的記憶？」我探他的口風，同時也在拖延時間。

「當然。」他說：「我們用 **光束** 去刺激人的腦膜，可以隨心所欲地使人忘記任何我們需要他忘記的事。」

　　我立時靈機一動，如果他們是用光束刺激腦部，那麼我是不是可以用什麼東西保護着腦袋，不讓光束侵入？

　　而我身上的確有一件東西，是可以保護腦部的，那是一副特製的 **假髮**，與我的髮型一模一樣，可以讓我隨時隨地把別人裝扮成我的替身，用來 **混淆視聽**。

　　連接這副假髮的網是用鉑絲和另一種合金絲編成的，有着超卓的避彈性能，**媲美**鋼盔，原意是用來保護我的替身，如今要拿來保護自己了。

　　如果我套上這樣的一個金屬網，能夠逃過記憶被清除的 **命運** 嗎？反正別無他法，就姑且一試吧。

　　我悄悄地伸手入衣袋，握住了那團假髮。這時，那白衣人說：「請你跟我來。」

　　他轉身走去，伸手向牆上一按，牆上的暗門便打開。他在前，我在後，我趁着穿過暗門的一刻，假裝仆到在

地，同時用極快的手法，將假髮套到頭上，再站起來。

那白衣人沒有懷疑，繼續向前走，我跟在他的後面。

我和他一起來到了另一個房間，他在牆上取下了一具儀器來，用一根長長的管子，對準了我的腦部。

他說：「你最好不要亂動，不然光束可能傷害到你腦膜的其他部位，吃虧的只會是你自己。」

我只好照着他的指示👉，坐在一張白色的椅子

上，隨即「咭」地一聲，一股光束從那儀器中射了出來，我只覺眼前一陣白光眩目，接着就失去**知覺**了。

到我漸漸**蘇醒**過來，感到頭部十分沉重，試着左右搖擺幾下，力圖睜開眼來之際，我聽到了巴圖的聲音：「你醒來了麼？別動，我用冷水來淋你！」

我還來不及回應，一大盆冷水已經「**嘩啦啦**」地淋到我的頭上，使我清醒了不少。我睜開眼睛，看到巴圖就站在我面前。

我轉過頭去，還看到了保爾，他坐在地上，似是昏迷未醒，而我們正身處公路旁邊，一大叢向日葵之下。

巴圖又去提了一桶水來，向保爾淋下去，保爾的身子震了一震，揉着眼，醒了過來，**莫名其妙**道：「這是什麼地方？我怎麼會在這裏？發生了什麼事？你們是誰？」

我初被淋醒時，心中也有着同樣的問題，但慢慢就記起曾經發生過什麼事。

我的手撐着地，站了起來，說：「你等一會，就能記起來了。巴圖，那些**白衣人**對你說了什麼？」

巴圖一臉茫然地望着我，「什麼白衣人？」

我呆了一呆，不由自主地搔了搔頭，當我的手抓到了還戴在頭上的假髮時，我便**恍然大悟**，完全記起來了！

我所戴的假髮，果然對我的腦部起了保護作用，使我的腦膜沒有受到那些特殊光束的刺激，記憶得以保存。

但巴圖和保爾，他們遭到白衣人**禁錮**的那段記憶，顯然已被刪除！

我深深地吸了一口氣，「你們一定什麼都**不記得**了，對嗎？」

　　巴圖抓了抓頭，「怎會不記得？這裏是西班牙南部的蒂卡隆鎮！」

　　「對。你再想想，你是為什麼而來的？」我追問，看看他能記得多少。

　　巴圖和保爾兩人**面面相覷**，我又指向保爾，說：「你也想想你是為什麼而來的，你能記得多少？」

　　可是他們兩人都**一臉茫然**。

等了三分鐘，他們仍然答不上來，我忍不住說：「你們是為了 **紅月亮** 而來的！」

「紅月亮？」兩人的神色更迷茫了。

這時我便知道，白衣人這次做得更 **徹底**，把他們腦裏關於紅月亮這件事的記憶都清除掉！

「巴圖、保爾，你們必須相信我接下來所講的每一個字，雖然聽起來會覺得很 **荒謬**，但全都是真的。我們現在的處境相當危險，不止我們，我所講的是全人類。」

這時保爾依然記不起我們是誰，疑惑道：「等等，你們到底是誰？我們認識嗎？你怎麼知道我的 **名字**？」

我嘆了一口氣，「跟我回酒店，我慢慢告訴你們。」

回到酒店後，在巴圖和保爾的行裝中，那些關於紅月亮的資料文件全都不見了。

保爾更大感 **驚訝**，「為什麼我的行李會在你們的

酒店房間內？」

「你真的完全不記得？」我問他。

保爾搖着頭之際，巴圖亦好奇地問：「這個叫保爾的家伙到底是誰？我好像沒見過。」

我於是認真地對他們說：「我們三個全是為了調查月亮為什麼會變成紅色而來的！」

第十四章

我說完那句話後，巴圖和保爾都呆呆地望着我。

巴圖更以 **同情** 的語氣說：「衛，你一定有什麼不對勁了。」

我着急道：「不對勁的是你們，你們被外星人用一種特殊的光束刺激 **腦膜**，刪除了有關紅月亮以及對他們的所有記憶！」

當我說到這句的時候，保爾終於忍受不了，把我當成

瘋子，瞪大眼睛説：「對不起，我要走了！」然後帶着自己的行裝匆匆離去。

幸好巴圖認得我，不至於被我**嚇跑**。我連忙用認真的眼神望着他，説：「巴圖，你一定要相信我所講的每一個字。」

他皺了一下眉，然後緩緩道：「好的，你⋯⋯説吧。」

我於是詳細講述了整件事，包括我們為什麼會來這個小鎮；查探**岩洞**後，我失去了一天，巴圖則失去了七天的記憶；調查小吃店時，我們三個人先後被抓去，我遇見白衣人，相信巴圖和保爾也一樣遇到了他們。我又講述自己如何用假髮避過**光束**刺激，成功保住了記憶，沒被白衣人刪除掉。

詳細叙述完後，我雙手抓住了巴圖的肩頭，用力地搖

着他的身子，「你必須 **相信我**，你一定要信！」

「我怎會不信，你忘記了我是負責哪個部門的嗎？」

他微笑道。

對，他是 **異種情報處理局** 的副局長，對一切怪

事有很強的接受能力。我頓時鬆了一口氣，放開了他。

他接着説：「照你所講，事情極其嚴重，我要立即回去 報告 ，要求調派最先進的裝備和部隊來。」

「我們一點證據都沒有，你將事情報告上去，決策層會相信嗎？」

「你不必擔心，我會設法令他們相信。你我必須分工合作，我立即動身，你留在這裏，密切注意事態發展。」

巴圖説着已在整理 行李箱 ，不到五分鐘，就出發離去了。

我只覺十分疲累，匆匆淋了浴，一覺就睡到第二天中午，被一陣敲門聲吵醒。

我 睡眼惺忪 ，緩緩地走去開門，只見一具龐然大物幾乎是跌進來的，失控衝前了幾步，坐倒在沙發上，不住地 喘氣 。

我這時才看清楚，那是史萬探長，他喘着氣説：

「他們全死了，**全死了！**」

他的話使我大吃一驚，「他們全死了」是什麼意思？莫非那些白衣人毀滅地球人類的計劃已提前實行了？

我立刻衝到了窗前，打開窗子，探頭向外一看，只見外面人來人往，與平時一樣，我才大大地鬆了一口氣，轉過頭來，埋怨道：「探長先生，你說誰全死了？」

史萬**慌亂**地說：「他們，就是和我一樣，為那個神秘集團做事的人。」

我呆了一呆，問：「除了那兩間**小吃店🏠**的男女店主之外，還有誰？」

「還有七八個人，其中幾個更由我**指揮☞**，但昨天晚上，他們有的自峭壁上摔下來，有的在家中暴斃，如今只剩下我一個了。」

我的心頭亂跳，擔心白衣人是否已開始了滅絕行動。

　　記得那白衣人說過，像普娜這些人，是跟白衣人定了契約的，一旦洩露了白衣人的秘密，就會觸發違約的懲罰。為了史萬的性命安全，我立即把他拉起來，趕他走，「快走！不要來見我！不要對任何人提起這些事！」

　　但史萬十分恐慌，拉着我的衣角哭求道：「你要救我！」

「我正在救你！你不想死，就不要見我，不要亂說話，裝作 **若無其事**！」我極力把他推向門口。

可是史萬突然瞪大了眼，像是離了水的魚兒一樣，大口大口地喘着氣，雙手在空中亂抓亂劃。

我撐住他的腋下，用力搖晃着他，「喂，你怎麼了？你怎麼了？」

史萬軟得像 **一團泥**，面色變得蒼白，喉嚨忽然響起「格」的一聲，便死去了。

他死在我的房間中，這對我來說，無疑是天大的麻煩，我不能在這個小鎮上 **逗留** 下去了，於是用最快的速度收拾行李，離開酒店，前往馬德里。

我 **假冒** 了另一個身分，住進一家高級的酒店，並通知了巴圖。

怎料我才進酒店的當晚，侍者突然來叩門，手中捧着

一個包裝得很好的 盒子 ，向我鞠躬道：「先生，有人將這包東西交給櫃台，託我們轉交給你。」

「勞煩了。」我接過盒子，那侍者便轉身離去。

這盒子是誰給我的呢？除了巴圖之外，我沒有把自己最新的 行蹤 告訴過任何人，何況我是冒充其他身分入住這酒店的。

我愈想愈感到疑惑，正準備將盒子拆開來之際，忽然聽到那盒子發出人的聲音：

衛先生，
你還記得
我的聲音麼？

那種聽來 **生硬**，不怎麼流利的聲音，我十分熟悉，正是那個白衣人的聲音！

我正想 **質問** 😠 對方為什麼知道我的行蹤、是否已進行滅絕行動、為什麼要殺史萬和其他人等等問題之際，我及時把話吞進了肚裏去，沒有説出來。

因為我猛然記起，我曾接受過他們刪除記憶的手續，所以我對他們應該是 **一無所知** 的。

我連忙假裝訝異，駭然地後退了幾步，驚問：「你是誰？這是什麼？為什麼盒子裏會有聲音傳出來？」

那聲音繼續説：「你真的認不出我的聲音？也記不起我的樣子？我喜歡白色，你記得麼？」

我假裝喘着氣，「你⋯⋯這是什麼 **玩意** ？誰在開玩笑？」

那聲音停了近十秒鐘，才説：「很好，你確實什麼都

不記得了，這對你有 好處 。」

那句話才一講完，就聽到「啪」的一聲，整個盒子爆裂開來，冒出 濃煙 。

白衣人顯然是在試探我，確定我不記得他們之後，傳音器便自動爆炸毀滅，不留下任何 證據 。

面對如此強大的敵人，我一時間也拿不出半點辦法來，只好耐心等待巴圖，以及他的援兵。

第十五章

尋找證據

我足足等了七天,巴圖才來與我相會。

「我**交涉成功**了。」他説:「不過,我們必須找出外星人秘密基地的準確位置和確鑿證據,有關方面確認過後,便會派出一艘**核子潛艇**,在水底發射飛彈,殲滅敵人。但如果我們拿不出任何資料,那就——」

巴圖講到這裏,攤了攤手,表示「那就什麼都不用説了」。

巴圖顯得有點為難,我明白是什麼原因,因為他的

相關記憶早已被白衣人完全刪掉，一切資料都來自我的**片面之詞**。

「你不相信我？」我問。

「我相信你。只是⋯⋯我不知道該怎麼做。」他嘆了一口氣。

「以我們的聰明才智，一定能想出**計策**的！」我立即拉着他一起分析情勢，制定計劃。

我們都斷定，白衣人的**總部**，必然在蒂卡隆小鎮附近的峭壁之中。但我們亦一致認為，如果再回到那小鎮調查的話，只會落得上兩次的下場，不會有什麼成果。所以，這次我們決定採取從海面上逼近的辦法，攻其不備，或許能**出奇制勝**。

巴圖立刻去聯絡一切。第二天，一架小型飛機把我們送到一個海軍基地，然後一艘 **小型艦艇** 載我

們出發，來到了我們要搜索的目的地，在離岸約兩米處停下，再由一艘遊艇將我們送到離沙灘只有兩百米處泊定。

我們利用高倍數的**望遠鏡**注視鄰近小鎮的峭壁，輪流監視了四十八小時之久，卻沒有什麼發現。

直到我們幾乎要放棄了，才看到一個 **怪現象**，在靠近峭壁的一處海水中，不斷有氣泡升上來。

氣泡由一種奇異的氣體所造成，那種 **氣體** 呈深藍色，若非仔細觀察，不容易看出來，因為那時正值深夜。

我們還發現，那種氣體相當重，因為它從水裏冒出後，在海面上平鋪開來。

巴圖一發現這現象，便立即用運動攝影機拍下來。當然，僅僅有氣泡冒出海面，不能證明我們所講的外星人 **陰謀** 存在，必須等待進一步的發展。

一小時後，我們期待的變化出現了，海水中冒起來的那種氣體已鋪展至很大的一個範圍，而就在這時，海面上響起了很輕微的「**吱吱**」聲，是從一個急速的漩渦中發出來的。

情形就像把一個積滿了水的水池塞子拔去，水旋轉着

向下流走時，所形成的那種急流**漩渦**。但此刻被吸下去的，不是海水，而是那些氣體。

　　換句話說，那種氣體從海水中冒出來，接着又被吸回到海水中去！

　　我二話不說，拿起一副**潛水用具**套在身上。巴圖驚問：「你想幹什麼？」

　　我向前一指，「當然是到水裏看看！」

「不必了，我已將一副水底攝影機沉到水裏，它不但有紅外線鏡頭，還有遠攝鏡頭——」

我未等他說完，已回應道：「還是親自去看比較清楚。」

「但可能極 **危險**。」巴圖有點擔憂。

「如果能制止那些白衣人毀滅地球人類的行動，我一個人冒點險算得上什麼？」我說着，又取起一副配有紅外線裝置的潛水鏡，再拿了一柄能在水底發射的 **強力箭槍**。

巴圖嘆了一口氣，拍了拍我的肩頭說：「一切小心。」

我微笑道：「我下水去了，會和你 **保持通訊**，不斷將我看到的情形告訴你。」

巴圖點了一下頭，我便攀下船舷，身子沒入水中。海

水十分冷，我不禁打了幾個**寒噤**，但很快就適應了，我沉到可以觸及海底時，才向前游去。

通過有紅外線裝置的眼鏡，我可以看清海底的情形，成群的魚呆呆地棲息在**珊瑚**叢中，有兩條巨大的魟魚在輕搖着牠們的身子。

我向那個冒出奇異氣體的地方慢慢靠近，仕距離約莫一百米時，我看到了兩個白衣人，就是那些我曾見過的白衣人！

奇怪的是，他們身上的白色**長袍**，在水中竟然不會揚起來。

由於我行動十分小心，而海底又十分黑，所以我猜想他們兩人並沒有**發現**我。

我立即停止前進，連忙把身體藏進旁邊的一叢海帶之中。

那兩個白衣人看來正在**專心一致**地進行他們的工作，我透過通訊器低聲説：「巴圖，我看到他們了。我看到兩個白衣人，手中正捧着一個十分大的**金屬筒**……」

那金屬圓筒是灰白色的，其中一端有着一根細長的管子，而那細長的管子是直通到海面的。

我相信一定是一股極大的**吸力**，經那根細長的管子，把海面上的那種氣體又吸回去。

這種氣體事實上是從海中冒上來的，如今他們又把氣體收集回去，使我感到莫名其妙。

我將海底的情形告訴巴圖，他也把望遠鏡所見的海面情況告訴我：「海面上那種深藍色的氣體愈來愈少了，現在漩渦也慢慢**消失**。」

他説完這句話之際，我看到那兩個白衣人的身子移動

了一下，同時，那圓筒上的金屬管也縮了回來，相信他們已經完成工作了。其中一人抱住了那圓筒，另一人則是空手，雙雙轉過身，向前走來。

水的阻力和空氣的阻力截然不同，但他們的動作卻與在陸地上無異，完全沒有在水中那樣**遲—緩**的感覺，簡直**不可思議**。

他們走出十來米，來到一塊岩石前面。走在前頭、空着手的那個白衣人，伸手去推那塊岩石，那岩石便緩緩地移開了，現出了一個 **洞口**。

如果在陸地上看到這種情形，我還不至於感到奇怪，但這時卻在海底，海底打開了一個洞，海水為什麼沒有灌進去？

那兩個白衣人進了海底的那個洞，那塊 **岩石** ◆ 也移回了原來的位置，遮蓋了那個洞。這時我才大大地透了一口氣，連忙又向前游去，游到了那塊岩石旁邊，繞着岩石游了一周，看不出什麼 **異狀** 來。

我勉力鎮定心神，將我看到的所有情形告訴巴圖，然後沉聲說：「我決定進去看看。」

巴圖立即勸阻我：「先回來和我 **商量一下**！」

但我沒有理會他，只說：「我已經推開大石，現在向下沉去了。」

第十六章

白衣人 醜惡的真相

我確實向海底那個洞穴沉去，下沉了約九米左右，便踏到了實地。

這時，我看到前面是一扇門，伸手推開後，只見一條極長的 通 道 ，通道中相當明亮，清澈的海水閃耀着淺藍色的光芒。

那條通道是微微往上斜的，我看不到它的盡頭，但亦心中有數：這條通道必然是通向白衣人的 總部 ，那

極可能是一個 。

我順手將門關上，向前游去。等到我終於冒出水面之際，不出所料，那果然是一個大岩洞。

岩洞裏光線**明亮**，卻沒有人。而我第一眼就留意到一扇金屬門，大約離我七八米左右，上面有着許多明滅不定的小燈。

我躲在一塊大石後面，思索着那扇門內會不會有人之際，忽然聽到那門上發出了一下**聲響**。門打開，一個白衣人走了出來，然後門又自動關上。

在那扇門一開一關之間，我瞥見門內又是一條通道。

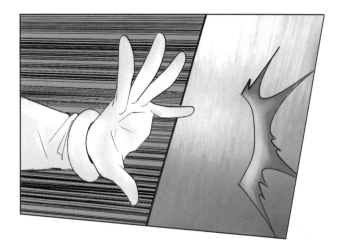

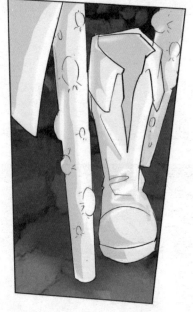

白衣人向前走來，走得十分快，來到水邊才停下。

他的衣服裏好像在發出一種**異樣**的聲音，與此同時，他的身體抖動了起來，白色衣服突然齊中裂開，有東西從衣服裏走了出來！

我從未見過那麼醜惡的東西，使我的眼珠幾乎**奪眶而出**👁👁，還要竭力地咬住嘴唇，才能制止自己發出任何聲音！

勉強要形容的話，那東西看來倒像一把用舊了的地拖，但有着兩根柄。

它大約有一米高，下半部只有兩根棍子也似的東西，表面很不平滑，隆起了一個個**膿包**，而且在不停地膨脹，然後又縮小，此起彼伏，看起來十分噁心。

在那兩根「棍子」之上，是一個圓筒形的東西，上面有許多一絲絲一縷縷的物體倒掛了下來，所以我才說它像一把用舊了的**地拖**。

我雙眼定定地看了許久，腦筋才轉過來，明白到眼前所見的，才是他們外星人的**真面目**！

那東西從白衣服裏走出來之後，那件白衣服像是用**鐵皮**製成的一樣，仍然兀立在石上。

那東西不斷發出一種 **古裏古怪** 的聲音，然後，我又看到他身上的幾條「觸鬚」動了起來，那些「觸鬚」竟然能伸長至兩米左右，**活潑** 地拍打着水。他像是在白衣中悶得太久了，要出來玩一下水，散一下心。

他「玩」了足有十分鐘，才退回到那件白衣之中，衣服迅即又合了起來，回復到和地球人相仿的白衣人模樣。

這白衣人回到那扇門前，伸手在門口的一排按鈕中按了幾按。這時我已經知道，在他的手套裏，並不是手，而是一根根靈活的**觸鬚**而已。

按了幾下之後，門便打開，他走了進去，門又關上。而我留意到門內的通道中，並沒有其他人。

在進去查探之前，我想先與巴圖**交換意見**，於是低聲叫道：「巴圖！巴圖！」

可是我一連叫了七八聲，通訊器卻沒有傳來巴圖的聲音。不知道是什麼緣故，我和巴圖之間的通訊中斷了。

我固然很擔心巴圖的情況，但是在如今的情形下，我不能**中途而廢**，所以決定先進去再說。

我於是從大石後走出來，來到那扇門前，照着剛才那白衣人的手法，按了幾個**按鈕**，那扇門果然打開了，我立時閃身而入。

在門內那條通道上，四周都是白色的牆壁，沒有其他的門，即使望向通道的盡頭，也是一片**白色**，似乎沒有任何其他的東西，但剛才的白衣人到哪裏去了呢？

我嘗試在白色的牆上摸索、敲打，用力推，真的給我推開了一道**暗門**。由於我用力過猛，整個人失足跌進了那個房間去，等到站穩了之後，身旁就傳來一把生硬的聲音：「哈，老朋友，你又來了，這已是第三遭！」

一聽到那聲音，我整個人都**僵直**了，好不容易才緩緩地轉過身去，看到我面前站着一個白衣人。

正如他所講，我們已是第三次見面，至少在我的記憶中，這也是第二次了。

唯一不同的是，這次我已目睹過他們白衣內的真面目，一個滿是觸鬚的醜惡東西，叫我**寒毛直豎**。

那白衣人慢慢向我走來，我禁不住叫道：「別靠近我！」

他站住，卻說：「你講錯了，是你靠近我，是你主動來這裏的，怎麼說成是我靠近你？」

我大聲反駁：「這裏是**地球**！而你們卻從三十萬光年之外而來，到底是誰接近誰？」

白衣人被我駁倒了，無話可說，來回踱着步，過了半晌才開口：「朋友，你這樣做，實在十分**愚蠢**，我們

在地球上，除了你之外，絕無第二個人知道。」

「因為他們不是被你們殺了，就是被你們清除了記憶！」我故意大聲喝斥，手亦猛地揚起箭槍，向他發射，四支極其**鋒銳**的箭「嗤嗤」地射了過去。

那四支箭都命中他的身體，可是，如此鋒銳的鋼箭頭，竟然刺不進那件白色衣服分毫。我想轉身**逃走**之際，肩頭突然一緊，像有一隻手向我搭過來。

我回頭一看，不禁又驚叫了一聲，因為搭在我肩頭上的不是一隻手，而是一根 觸鬚。

那觸鬚的直徑約有兩厘米，緊搭在我的肩上，想將我拉回去。我一翻手，握住了那根觸鬚，可是立即有另一根觸鬚，纏住我的手腕。

接着，我的腦後受了重重的一擊，使我陷入半昏迷的狀態，慢慢倒下。

我沒有完全昏迷，能模模糊糊地看到幾個白衣人將我抬到一個極大的房間中，我勉力數了一數，一共有八個白衣人圍住我，好像在討論該如何處置我，但我聽不到他們的聲音，我懷疑他們之間是靠**心靈**相通的。

幾分鐘後，兩個白衣人推了一輛車子過來，車上是一具十分複雜的**儀器**。

我知道，那一定就是他們用來消除我記憶的儀器了。

我嘗試指揮自己的身體**反抗**，可是突然「唰」地一聲，其中一個白衣人的衣服裂開，兩條蛇也似的觸鬚伸了出來，纏住了我的一雙手。

我大聲呼叫之際，第三根觸鬚又裂衣而出，在空中揮舞了一下，像是一根**鞭子**一樣，擊在我的頭上！

這一擊的力道很重，令我再也叫不下去。

與此同時，那推着儀器的兩個白衣人，也將儀器推得

更近，儀器發出了一陣「吱吱」的聲音。

在 **電光石火** 間，又有兩根觸鬚纏住了我的脖子，令我的頭動彈不得。然後，一束光從那部儀器射向我的腦袋。

我腦中開始想起了許多奇怪的、年代久遠的事情來，那些事都毫不相干，而且早已被我 **遺忘**，但此刻卻一一在腦海浮現。

幸運的是，我早有準備，頭上一直戴着那「假髮」，所以當我昏了過去，又醒來之後，躺在海邊的我，完全記得曾發生過什麼事！

第十七章

一睜開眼，我就看到了巴圖，他也不知道通訊為何會突然中斷。我向他講述了我的經歷後，總結道：「我們的對手來自**外太空⬤**，他們的科技水平實在太強了，我們以為核子潛艇發射飛彈很了不起，但是在他們看來，可能只等於有人抓了一支牙籤，去向**手槍**━━挑戰一樣！」

巴圖皺着眉問：「那麼你的意見是？」

「我們擺下大陣仗去和他們對敵，會容易**暴露**，但

如果只是我們兩個人行動的話——」

未等我講完，巴圖已經果斷地説：「好，我和你一起去做拯救世界的 **英雄** 吧！」

我們準備好一切潛水用具後，便套上水肺，跳進海中，分別伏在兩部潛水推進器上面，一手抓住潛水器，一手抓着一支魚槍，而在我們腰間的皮囊裏，還有不少實用的東西。

我們出發了，操縱着 **潛水器** 前進，經過了好幾簇珊瑚礁後，突然停了下來。

停下來的原因是因為我們看到前面約二百米處，有一團奇異的東西正在移動着，而我認得那就是外星人的 **真身**！

我們停在一大堆淡黃色的珊瑚礁後面，看着那外星人像一隻鐘形的 **水母** 一樣，在海水中自得其樂地飄來

飄去，像是 **度假** 一樣，而他的「白衣」則擱在一堆珊瑚上。

我透過通訊器對巴圖說：「你看到了沒有？就是他！」

「看到了！我正在想，如果能夠將他活捉的話——」

未等他說完，我已贊同道：「這是一個 **絕妙** 的主意！我知道在他們的星球上，生命極之寶貴，和我們

地球人隨便毀滅生命截然不同。如果我們能夠捉到他們其中一個作**感獸**的話，會對我們非常有利！」

「對，可是……該如何下手？」

「有網麼？」我問。

「有，**捕獵網**連結在潛水器上。」

我大喜道：「那再好不過了，我們可以將網罩下去，然後讓潛水器帶着網向前駛去，我們再跟在後面。」

我們伏在潛水器上，向那外星人游去，當距離只有十米左右的時候，那外星人似乎察覺到身後有什麼東西逼近，突然轉過身來。

就在這**千鈞一髮**間，巴圖按下漁網發射器，一張本來是用來捕捉鯊魚的捕獵網便張了開來，向那外星人當頭罩下去，並立即**收緊**。

巴圖鬆開了手，任由潛水器在無人操縱的情形下，向

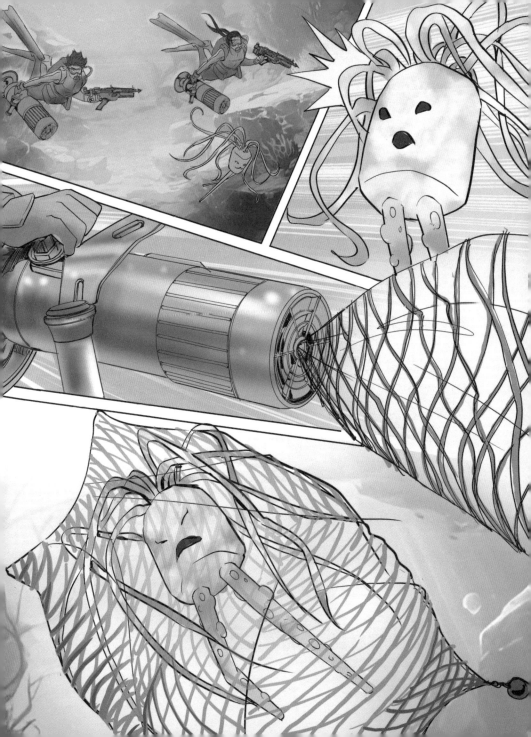

前駛去。

那外星人在網中竭力 **掙扎** 着，以致潛水器在前進時，尾部的水花大得像一朵白雲一樣。

如今只剩下我那副 **潛水器**，我正等待巴圖過來，和我一起利用潛水器追上去之際，只見巴圖卻游出了幾十米，來到一堆珊瑚上，把擱在那兒的「白衣」拿走，然後向我游過來，透過通訊器說：「這衣服是非常重要的 **證據**，必須帶走。」

我點頭認同：「對，但得趕快，我們快追不上那潛水器了！」

巴圖笑道：「你放心，前方有一大片 **珊瑚礁**，還有不少是露出水面的，潛水器到了那裏一定會受阻，擱了上去。」

我聽他這樣說，也放心了不少。我們一隻手各拉住那

件「白衣」的「袖子」，另一隻手握穩潛水器，一起向前駛去，追着前面的潛水器。

那件「白衣」並不沉重，我扭過頭，從它中間的裂口處望進去，發現內裏有許多**按鈕**和儀器。

當初我以為白衣人只是普通人，穿了一件異樣的白色衣服而已，如今才知道，他們實質上是異樣的外星生物，躲在一個**人形**的裝置裏面！

那些外星人本身個子不大，只有一米來高，所以他們在「**白衣** 👕」內有着不少活動空間。

我們一面觀察着那件白衣，一面隨着潛水器前行。約半小時後，我們終於看到了那一大片，足有五公里長的珊瑚礁。

凡是珊瑚礁集中的地方，海水也必然特別**明澈**。我們看到那具連着捕獵網的潛水器，它果然被珊瑚礁攔住了去路，而那個外星人仍在網中極力掙扎着。

我們將潛水器停在珊瑚邊，把「白衣」擱在珊瑚上，然後雙雙踏上珊瑚礁，直起了身子，我們的胸膛已冒出**海面**了。

我倆合力將那漁網拖上珊瑚礁的高處，大概走了十來步，等到我們雙腳已浸不到海水時，那個外星人也被我們完全拖出了海面，而我和巴圖第一次在**太🌕陽**之下看

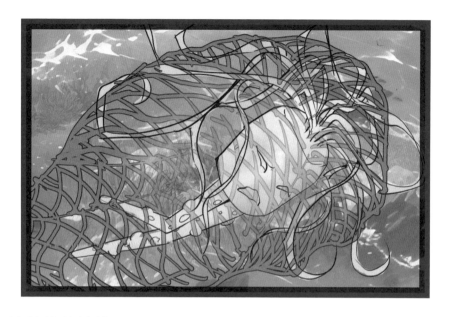

清楚他的外貌。

其實我不能説他**醜惡**，因為他來自別的星球，他看我們，也一定同樣感到噁心。

我除下了潛水頭罩，對他説：「你現在是我們的俘虜，你可明白什麼是**俘虜**▊▊▊▊？」

那外星人發出一陣音節十分快的聲音，那毫無疑問是一種語言，只是我們一點都聽不懂。

這時候，我們聽到了「啪啪」的聲音，循聲看去，原來他的一條觸鬚，自網孔中伸了出來，正在拍打着那件被我們移上了珊瑚礁的白衣。

「看來他想要回他的衣服。」我説。

「不行！那不只是衣服，也是他的**裝備**，猶如坦克、戰機一樣！」

我苦笑道：「可是他講的話，我們一個字都不懂，我相信那『衣服』裏有**翻譯器**，他穿上了，才能夠和我們談判。」

巴圖老實不客氣地説：「你太天真了，他回到衣服中，還需要跟我們**談判**嗎？」

我嘆了一口氣，「可是，不那樣做的話，**僵局**無法打破。」

巴圖想了一想，忽然説：「我有辦法！你將手中的魚

槍對準他，而人卻盡可能躲藏在珊瑚礁之中。」

我感到 😕 **莫名其妙**，「然後呢？」

「然後我就胡亂地去按他『衣服』中的各種按鈕，當中總有一些能連繫到其他同伴，使他的同伴知道他遇到了意外，趕來救他！」

我呆了一呆，「他的同伴來了，我們豈不是更麻煩？」

巴圖笑道：「你可別忘了，我們有 **人質**。你手中的魚槍一直對準他，他的同伴就不敢亂來。」

但我有點疑慮，「你確定我手中的魚槍能傷害到他？」

「當然了！」巴圖信心十足，「你看，魚槍一對準他，他的眼神就變了！」

我細心一看，那個外星人在魚槍的 **指嚇** 下，寶藍

色的眼光果然變得明滅不定，我於是點頭道：「好吧，就按你的**計劃**行事。」

　　巴圖立即走向那件豎立在珊瑚礁上的「白衣」，伸手進去，按動裏面的按鈕，而那外星人仍在網中不停地說着什麼。

　　約莫過了一分鐘，我和巴圖都不由自主地失聲叫了起來，因為有四個**白衣人**忽然冒出了海面！

巴圖尖叫過後，立刻大聲喝道：「別接近我們，不然你們的同伴就會**喪命**！」

那四個頭部已冒出水面的白衣人，看到了我手上的魚槍，果然不再前進，他們其中一人說：「你們很了不起，你們兩人，實在**了不起**！」

我堅定不移地將魚槍對準在網中的外星人，唯有威脅這個外星人的生命，我們的安全才得到**保障**。我不能有絲毫疏忽，所以連話也不敢說。

巴圖衝口而出回應他們：「不是我們了不起，而是你們想佔據我們的星球，使我們非**抵抗**不可！」

那幾個白衣人聽了之後，又向前走了兩米，上半身已冒出海水之上。

巴圖再次嚴厲警告：「你們再向前逼近一步，我們就立即下手！」

那領頭的白衣人 **嚴肅** 地說：「好，我們就站在這裏。但請問，你為什麼會說我們想佔據你們的星球？我不認為你們知道我們是什麼人，你們對我們一點 **印象** 都沒有，對不對？」

這方面還是由我來回應比較好，我於是沉聲叫道：「巴圖！」

巴圖明白我的意思，立時向我走來，從我手中接過魚槍，繼續瞄準在網中的那個外星人。

而我則向前走去，對那些白衣人 **開門見山** 道：「你們錯了，我什麼都記得，因為，你們對我做的記憶消除手段，一點用都沒有！」

第十八章

　　我當場舉出了幾件在他們總部中所發生的事，以及揭露了他們想毀滅地球人的**陰謀**。為首的白衣人連聲說：「這怎麼可能？你腦膜上的記憶細胞已被凝結，不可能記得這些事。」

　　我哈哈大笑道：「我就是記得！這證明你們的手術**失靈**，或許你們對地球人的研究還不夠，你們自以為是的技術，其實對地球人一點用都沒有！」

白衣人苦笑了一下，「也許是。現在你想怎麼樣？」

我開門見山說：「若想要回你們的同伴，就請立刻離開地球，永遠不許打地球的主意！」

那白衣人沉默了片刻，才回應道：「不可能，我們對地球作了長時期的研究，並且已經做好一切準備。我們選中地球，也是有原因的。地球人自古以來就熱中於自相殘殺，總有一天，地球人會自相殘殺到一個也不剩，這就像患了絕症，我們只不過讓一個遲早要死的人早一點死去，還可以使地球人少受許多痛苦，按你們地球人的說法，這叫安樂死。」

我冷冷地說：「不論你說得多冠冕堂皇，你們所做的行為就是謀殺和侵略！」

「你堅持要我們中止計劃？」他問。

我堅定地點頭，「是！」

「那我們**談不攏**。向地球移民，是我們星球歷時多年的一個決定，這是極重大的一件事，我們曾經預計會有一場戰爭。所以，犧牲一個人，對我們來說固然痛心，但也是早有心理準備的事。」

我心中感到了一股**寒意**，如果他們不怕犧牲，那我們手上的人質還有什麼用？我們沒有半點抗衡的力量！

我的手心在冒冷汗，但仍想挽回形勢：「我不相信你們肯犧牲這個人！」

那白衣人回答道：「我們星球上，自從克服了一種最致命的**疾病**後，已許久未曾有過死亡。移民是勢在必行的，我們八個人從自己的星球出發，抱着必死之心來到地球。請叫你的朋友放開魚槍，不必要的**犧牲**，對你們，對我們，都絕無好處。」

我後退了幾步，來到了巴圖的身邊。

　　巴圖的手已幾乎握不住那魚槍，終於，他的手向下一垂，魚槍「啪」地一聲落在珊瑚礁上。

　　我沒有去拾起魚槍，因為他們**不怕犧牲**，這種威脅已毫無用處。

　　那四個白衣人以極快的速度上了珊瑚礁，其中一個人的「手」部射出了一股**光束**，把網弄開，另一人則將那件「白衣」取了過來，讓那八爪魚也似的東西鑽回「白衣」內。

另外兩人則護送着獲救的 同伴，沒入海裏去。

留下來的兩個白衣人，其中一個突然向我們發出邀請：「兩位若是願意的話，可以參觀一下我們的基地。」

巴圖冷淡地回應：「有什麼好參觀的？」

那白衣人說：「參觀或許能使你們知道，以地球人的能力，想和我們對抗是不可能的。而且你們也可以明白我們的一片苦心，我們實際上已有毀滅地球人的辦法，但因為這辦法會使地球人受到極大的痛苦，所以我們才不願意執行。」

我忍不住嘲諷：「多麼慈悲為懷啊！」

「你可以嘲笑，但我所說的都是實情。你們應該接受這個邀請。」

巴圖冷笑道：「到你們的基地去，讓你們又可以消除我們的記憶？」

　　那白衣人的回答出乎我們意料之外：「我們並沒有這個打算，尤其是對於他——」

　　他向我指了一指，接着說：「我們已在他的身上失敗了兩次，再做那個手術也沒有 **意義** 了。」

　　巴圖 **嗤之以鼻**  ，「那就更糟，你們想將我們軟禁起來！」

　　白衣人嘆息道：「為什麼你總想到我們不懷好意呢？

不妨 **坦白** 地說，邀請你們的目的，是因為我們考慮選擇

一部分不熱中殺戮、最文明的地球人，幫他們 **移民**

到別的星球去。」

巴圖和我立時明白他的意思，他是想將地球人分為兩

大類：該死的，和不該死的。

然後地球仍由他們來佔據，不該死的那一類便送到另

一個 **星球●** 。

我在想，我們繼續抗衡下去，也改變不了他們什麼；

相反，如果去了他們的基地，我們倒可以 **見機行事** ，

作出破壞。

我於是用手臂碰了碰巴圖，然後對白衣人說：「好

的，我們去看看。」

「太好了，請等等！」那白衣人轉身和另一個白衣人

一起沒入海中，不一會，又浮了上來。我看不出他們身邊

帶了什麼，似乎是一種 **透明** 的東西。

他們向我走近之際，我只覺眼前閃起了一陣眩目的光芒，不禁叫了一聲：「巴圖！」

同時，我也聽到巴圖叫了我一聲。接着，那陣眩目的光便消失了。

我呆了一呆，等到視力完全恢復時，只見巴圖就在我的身邊，但我們已經不在那珊瑚礁上，卻在一個白色的 **房間** 裏，而整個過程前後只不過幾秒鐘！

那兩個白衣人也在房間內，其中一個說：「請先來看看我們抵達地球的 **交通工具**。」

我和巴圖跟着他走了出去，經過一條通道，來到了一個岩洞之中。

那岩洞向着海，有着一條十分窄的通道，我以為可以在這裏看到一座極大的 **宇宙船**，但是到了岩

洞之後，我實在看不到什麼。

這時，一塊巨大的岩石自動移開，另一塊大石升了上來，上面有一件 **橢圓形** 的東西。

那東西不會超過兩米長，是銀灰色的。那白衣人指着它說：「這便是送我們來到地球的工具，若干時日後，這種工具將會把我們的同類，大批大批地帶到地球來。」

我強抑着心中的 **反感** ，問：「我記得你說過，你們的星球離地球極遠，那麼你們要飛行多久，才能到達地球？」

「這是一個你們地球人無法了解的概念，你們總是以 **時間** 來計算距離，你們有一個公式，時間乘速率，就等於距離。在地球表面上的運動，大體上來說，都可以用這個公式來計算；然而，一出了地球，這個 **公式** 就不一定適用。」

我和巴圖都瞪着那白衣人，覺得這傢伙在**信口**

雌黃。但他繼續解釋：「譬如說，有一個星球距離地球

六十萬光年，用你們的公式來算，那就是用光的速度飛行

六十萬年，才能夠到達那個星球。」

「難道不是麼？」巴圖不服氣地反問。

「當然不是。在我們來說，只要經過五個或者六個

，就可以到達了。」

「宇宙震盪？」巴圖聽不明白。

「那是宇宙間的一種震盪，是超乎時間、速度之外的另一種 **運動**。這種震盪可以改變時間，也可以改變距離，我們也未能完全掌握它，但是，只要把我們的太空飛行工具，投入這種震盪之中，就可以使得星球與星球之間，**轉瞬 可達**。」

巴圖突然挑戰道：「口講無憑，你們能示範一次，乘坐這個交通工具，透過你所講的什麼震盪，瞬間回到你們的星球嗎？」

那白衣人立即大笑起來。我也不禁望向巴圖，我固然知道他在想辦法弄走外星人，但如此 **明刀明槍** 的激將法，簡直是侮辱了外星人的智慧。

看到白衣人在大笑，巴圖顯得十分 **尷尬**，隨即狡辯道：「怎麼了？你覺得我在騙你走？那麼好吧，要不你送

我們到你的星球去看看！」

　　只見白衣人突然停住了笑聲，變得相當嚴肅，大力搖頭：「不能，你們身上充滿了　細菌。我們的星球上，所有細菌已被消滅了許多年，我們沒有疾病，也沒有死亡。如果你們到了我們的星球去，那你就等於是千萬億個死神　的化身！」

　　這時，巴圖的兩道濃眉忽然向上揚了一揚，我知道他心中一定浮現了什麼出奇的想法。

第十九章

巴圖的計劃

「這種飛船的**動力**是什麼呢？」巴圖忽然顯得十分有興致，圍着那橢圓形的飛船看了又看。

白衣人也很樂於講解：「你還不明白，它是沒有動力的，宇宙震盪會使它前進。」

「這樣嗎？」巴圖展現出一副**難以置信**的樣子，「它停在這裏，宇宙震盪就會將它帶走？」

「是的，我們有儀器可以引導宇宙震盪，飛船隨時可以離開地球。」

巴圖像小孩子參觀博物館一樣，**躍躍欲試** 地説：「我們可以參觀那個引導宇宙震盪的儀器嗎？」

「可以。」白衣人説着轉過身，向前走去，我和巴圖跟在後面。

我知道巴圖心中一定在轉着什麼 **念頭**，我望向他，只見他的神色十分凝重和嚴肅，未等我開口，他已經低聲對我説：「先別問。」

我只好 **默不作聲**，與他一起跟着白衣人，穿過許多條走廊，來到一個房間，房內有一個相當大的玻璃罩子，罩着一座儀器。

巴圖來到 **玻璃罩** 前，好奇地敲了兩下，問：「就是這個儀器麼？為什麼要罩着？」

白衣人説：「那是避免不小心撞到 **總開關** 的把手，啟動了機器，誤將飛船納入宇宙震盪的軌道之中——」

巴圖調皮地接着説：「那你們就回不去了，是不是？哈哈！」

白衣人笑道：「那倒不至於，飛船會在我們的星球上 **着陸** ，但我們的星球又可以馬上將船送回來，或者派新的船接我們。」

「原來如此！」巴圖 **目不轉睛** 地望着玻璃罩內的儀器，儀器上有一個十分顯眼的白色把手，相信就是總開關。

「我再帶你們去參觀別的設備。」白衣人的心情也很好，輕鬆地走在前面，我們跟着，而巴圖忽然用極低的聲音，向我講了一句蒙古語系中的一種達斡爾語。

巴圖有蒙古人的血統，而我對多種土語都十分精通，所以我倆可以用這種 **冷僻** 的語言交談。

他那句話是：「我想到了拯救地球的辦法。」

「是什麼 **辦法** ？」我問。

「他剛才説，他們的星球上，早已沒有細菌，如果我到他們的星球去，等於是千萬個死神的化身。」

「你要去？」我驚問。

「是的，他們要向地球移民，是因為他們的人太多。我去了之後，帶去的無數**細菌**，必定會令他們人口減少！」

「也不一定，他們這八個人不是已經來到地球上，接觸了我們的細菌嗎？可是他們都好好的，沒有死。」

「或許他們出發前已接受了各種**預防注射**，但在他們自己的星球上，根本沒有細菌，自然不會有任何預防措施，就像我們現在不會有預防恐龍的措施一樣！」

「可是你怎麼去呢？」

「那太空船，我應該可以擠得進去，我一擠進去，你就**啟動**他們的儀器，引導宇宙震盪。」

「可是你怎麼回來呢？」

「我沒有想到要回來。」

我聽了不禁呆住——巴圖決定**犧牲自己**，拯救人類。

　　我吸了一口氣，說：「巴圖，你來控制那儀器，讓我到他們的星球去！」

　　但巴圖微微搖了搖頭：「不，你的牽掛太多了，你有妻子，而我只是一個人，**無牽無掛**！」

　　我心中有說不出來的難過，而那個白衣人終於轉過身來問：「你們在聊什麼？」

　　我連忙瞎說：「沒有，我們只是在**好奇**，當地球人被你們消滅了之後，那麼地球上的其他動物，你們又會

怎樣處置？也一同滅掉嗎？」

白衣人沉默了片刻，凝重地說：「我們不喜歡毀滅生命，不過，有些動物留下來，會破壞環境，危害其他生物的生命，例如人類會自相殘殺，最終必定把地球毀滅於核戰之中；**老鼠** 到處散播病菌，會令大量生物死亡，所以都不得不……」

「所以老鼠也會被你們全部滅掉？」我問。

「我們也是**迫不得已**的。」他說：「每一隻老鼠身上都有許多細菌，而那些細菌，和許多年前我們星球上遇到過的細菌很相似，當時在我們的星球上造成了大量死亡，幾乎使我們**絕種**！」

我和巴圖不禁互望了一眼，然後我又問：「那麼，你們後來是怎樣**克服**過來的？」

「首先，是保護罩，如同我身上的一樣，但形狀有

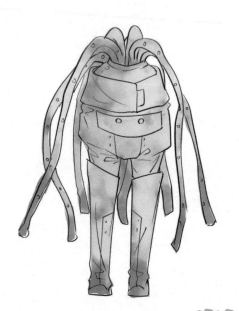

所不同。我們如今身上的保護罩，是根據地球人的樣子來製造的。當時的保護罩使我們保存了百分之一的人，然後我們利用一種射線，將那種細菌消滅。我們

在地球上，不敢暴露在 **空氣** 中，就是這個原因。在還未消滅地球上所有對我們有害的細菌之前，我們最多只能在 **海水** 中展露出身體，活動很短的時間。所以，被你們硬拖到空氣中的那個伙伴，已受到嚴重的傷害。」

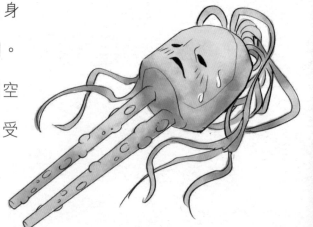

「我不知道你們原來那麼弱。」巴圖說。

「你錯了，恰恰相反，我們很**強大**，所以戰勝了細菌。」

「可是你們仍然要天天罩上**保護罩**。」

「那是因為我們幾個正在地球上！你以為在我們自己的星球上，也是人人罩上保護罩嗎？那是很久以前的事了。」

白衣人講到這裏，推開一道門，讓我們去看這房間中的**科學儀器**設備。

「怎麼樣？看過我們的實力後，你們感覺如何？應該打消了阻止我們行動的念頭吧？」

我口硬道：「如果我說沒有呢？」

「事實上你們非放棄不可，如果你們離開這裏之後，再來**阻撓**我們，那就等於迫使我們對地球人提早行

動。本來，令地球人完全不受痛苦地被毀滅的辦法，還在研究階段，但如果我們被迫 **提前行動** 的話，就只能用最初想到的方法將地球人毀滅，而那會為你們帶來極大的痛苦！」

他一面說着，一面又推開了一扇門，「請你們看看這裏。」

這房間十分大，至少有三千平方呎，房內有許多根銀白色的 **管子** ，向上穿過天花板，不知通向何處。

而在那些管子的基部，則是一個巨大的 **圓球**，直徑大約兩米左右。

「這是什麼？」我和巴圖齊聲問。

「這就是我們最初打算用來消滅所有地球人的武器，只要在總控制室中按下按鈕，那麼，大量的 **輻射線** 便會散佈全球，那情形就像每個人都處於核爆災區一樣，被輻射線灼傷，受着極大的 **痛苦** 而死！」

第二十章

　　白衣人所提及的消滅地球人的方法十分嚇人。他特意警告：「你們兩人如果不**輕舉妄動**，那麼我可以向你們保證不用這種方法。而一種全無痛苦的方法，很快就可以研究出來了。如果你們覺得我剛才的話只不過是**危言聳聽**，那可要看一看示範？」

　　「什麼示範？」我們驚問。

「看一隻老鼠，如何在那種輻射線中痛苦地死亡。」

「一隻老鼠！」我和巴圖不約而同地叫了起來。

白衣人有點愕然，「是的，為什麼你們這樣驚奇？」

「噢，沒有什麼。」我連忙掩飾着，「我以為你們怕老鼠，所以這裏不應該會有老鼠。」

「我們需要老鼠來做試驗，事實上，我們大可以拿地球人來做試驗的，但我們不想地球人多受痛苦，請你相信我們對地球人的善意——地球上的人類，遲早有一天會在自相殘殺中痛苦地全部死去，而我們可以使地球人免於這種痛苦。」

我沒有理會他的廢話，只是把握機會道：「好，讓我們看看，若實施痛苦的方法，老鼠會有什麼下場。」

「嗯，請跟我來。」白衣人向房間中央走去，站定了

身子，然後，一定是通過「白衣」內的 **控制鈕** ，操縱

一具正方形的控制台，使它從地下升了上來。

我和巴圖交換了一個 *眼神*  ，就知道彼此心中有

着同樣的想法，那就是：只要我們能將一隻老鼠送到他們

的星球去，那麼，就可以對這些 **八爪魚** 一樣的高級生

物，造成極大的損害！

只見那控制台上，有着一個相當大的玻璃箱，箱內約

有二十隻黑色的老鼠，身肥尾粗，是所有老鼠之中，最令人**憎厭**的一種。

我看到那些老鼠，便笑了起來：「你們是怎麼捉到這些老鼠的？」

「全是我們僱用地球人替我們捉來的。不過，我們在保護罩裏面，其實一點都不怕。」

「當然。」我說：「你不必以為我會捉一隻老鼠來嚇你，但我想檢查一下這些老鼠，以免你們先給牠們餵了什麼**毒藥**，再來誇大輻射的**威力**。」

白衣人略為猶豫了一下，才說：「好的。」

這玻璃箱中有二十多隻老鼠，有的擠在一起，有的正在上下奔竄，我相信即使偷去一隻，也不會被人發覺。

我來到控制台前，那**玻璃箱**的箱蓋慢慢地自動打開。我伸手進去，箱中的老鼠都縮向一角，不敢向我這邊

跳出來，我的手在老鼠堆中**檢查**着，抓到了其中一隻較小的。

這時我的身體就靠着那玻璃箱，如果將那隻老鼠從玻璃箱中提出來，白衣人應該看不到，可是，將牠提出來之後，放在什麼地方好呢？

我略想了一想，看到我和巴圖仍然穿着潛水時穿的橡皮衣。這種**橡皮衣**，大多數在身側都有兩個袋，一個是放鋒利的匕首，另一個袋則相當大，是放雜物的，如今我已經想好了，就拿它來放老鼠好了！

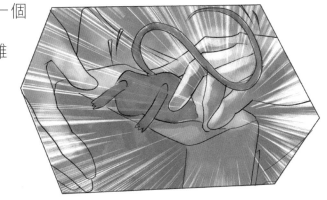

125

我一側身，用極快的手法，將那隻老鼠，塞進了橡皮袋之中，然後退了一步，說：「我檢查過了，那些老鼠，全都和我一樣**健康**！」

話音剛落，我突然夾了一下雙腿，着急地向巴圖喊了一句：「巴圖，你在這裏看着那些老鼠，我要上**廁所**！」

白衣人立即大聲叫住我：「等等！我們這裏沒有你們的廁所！」

但我已經奔出了房間，順着通道 **拼命** 地跑。我知道他們一共只有八個人，而這些人一定都忙於自己的工作，所以我一個人都沒有碰到。

我終於來到那艘橢圓形 **飛船** 前面，快速地繞着飛船轉了一轉，發現有一個可以開啟的門，我在那門上胡亂摸索着，也不知道是哪一下動作觸發了 **開關**，那扇門就打了開來。

我立即伸手入袋，將那隻老鼠放進飛船內，關上了門，然後便迅速奔了出去，一面發出極大的聲音大叫道：「巴圖！啟動 **白色把手**！」

我説的是蒙古語，我相信那些白衣人聽不懂我説什麼，而巴圖當然知道，我一定是把一隻老鼠放進了飛船，現在叫他去啟動那部能引導宇宙震盪的儀器，將飛船送回白衣人的星球去。

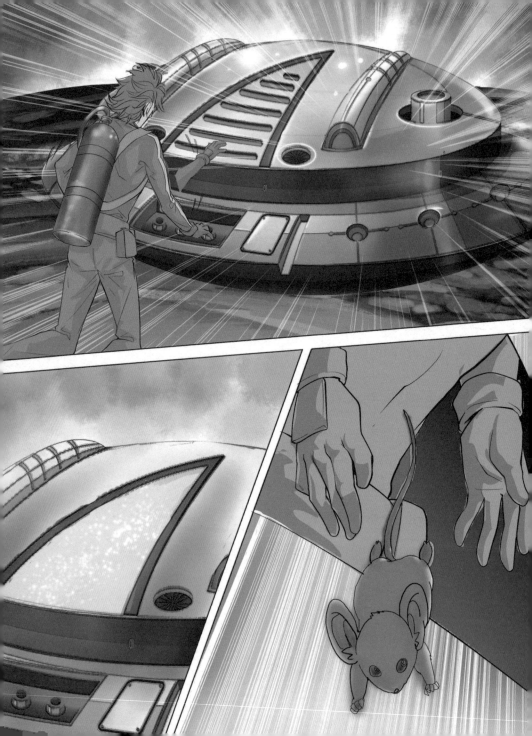

由於我亂奔亂叫，幾乎把所有白衣人都引來了，替巴圖製造了大好的機會。

我像個瘋子一樣，和一個個白衣人玩起  來。沒多久，一直領着我們參觀的那個白衣人也趕來了，連忙喊道：「停止！停止！你在幹什麼？快停止！」

我停下來，喘着氣説：「我想幹什麼？我想離開！你們無權 **禁錮** ||||| 我！」

一眾白衣人都呆住，尤其是那個能和我們溝通的，他一定覺得我十分 **無理取鬧**，本來參觀得好好的，怎麼會突然態度大變。

他向我走來，帶點憤怒道：「好，你們可以回去了，但離開之前，我必須再提醒你們一件事：我剛才對你講的那一番話，希望你不要忘記，別迫我們採取 **極端** 的手法。那種手法會對老鼠造成什麼樣的痛苦，你還想看麼？」

我還來不及回答，便聽到「轟」的一下 **爆炸聲**，接着又有一陣十分異樣的碎裂聲。

然後，在我身後，傳來了一下驚人的震動。

那一下震動給人的感覺十分怪異，它並沒有聲音發出

來，卻只是一下極之劇烈的**震盪**，使我的身子幾乎站不穩。

那些白衣人的身子也搖了一搖，為首的那個更發出一下**憤怒**之極的聲音，他們不約而同地迅速奔向那出事的岩洞去。

我站穩了身子，看到巴圖向我奔過來，便連忙迎上去。巴圖的神色極之**倉皇**，一見我便説：「我拉下白色把手了，怎麼樣？」

我忙答道：「我想我們已經成功了。」

巴圖面露喜悦，「我們快設法離開！」

我點了一下頭，跟在他的後面，向通道的一端奔去，很快就到了通道的盡頭。那裏有一扇門，我和巴圖合力把門拉開，卻並不是我們想像中的**出口**，而是另一個銀白色的房間。

這時，那幾個白衣人的聲音又傳了過來，我們只好立即關上門，暫時躲上一躲。

巴圖在房間中**團團亂轉**，「他們一定已發現我弄毀了那個玻璃罩，拉動白色把手，令他們的飛船被宇宙震盪送走了！」

我小聲說：「但未必知道我放進飛船送給他們的『**禮物**』。」

沒多久，門外傳來了那白衣人極之憤怒的聲音：「你們快走！我們不想再見到像你們那樣**幼稚**的生物。我早就說過，送走我們的飛船，對我們一點影響都沒有，但你們偏要搞**惡作劇**！」

聽到他願意放我們走，我立即大聲問：「我們也想走，但如何離去？」

那白衣人說：「看到房間裏有一個淺黃色的按鈕嗎？

按下去，然後給我滾！」

　　我很快就在門旁找到了那個黃色的 按鈕 ，正準備

按下去，巴圖卻握住我的手腕說：「你相信他的話？」

　　「他要殺我們，實在易如反掌，沒必要弄什麼花

樣。」我望着巴圖，直到他的眼神似乎也同意我的想法

時，我 果斷 地往那個黃色按鈕按下去。

　　我實在不知道我們是怎樣來和怎樣離開的。當我按下那個按鈕之際，只覺眼前出現了一片極其**灼亮**的光芒，剎那間覺得自己整個人消失了，不再存在！

　　然而，我的耳邊不斷響起**浪花聲**，然後感到海水向我湧來，又退了開去，周而復始。

　　我努力地睜開眼睛，發現自己正身處海灘上，我還看到巴圖就在不遠處，他也是剛剛**清醒**過來，慢慢地站起。

　　「你沒事吧？」我問。

　　「沒事，這是哪裏？不像蒂卡隆鎮的海灘。」巴圖**打量**着四周。

　　這裏像是一個島，我們看到遠處有一群露營的男女，於是走過去。他們一看到我們，便用法語表示歡迎。一問之下，我們才知道自己已來到法國南岸的一個小島上！

我倆的神志都十分清醒，清楚記得我們在白衣人基地裏的經歷，但實在不明白為何一下子會來到 **法國**，而不是西班牙。

我們借了一艘快艇，上岸後，輾轉又來到了馬德里。

那時已過去了二十四小時，在那二十四小時中，我和巴圖時時刻刻都害怕白衣人的 **報復**，不過地球上各處並沒有出現什麼異樣。

又過了一些日子，地球上依然 **風平浪靜**，事情似乎已告一段落。我和白素在一個月明如晝的晚上，手挽手沿着白楊林散步，四周十分幽靜。

忽然，白素對我說：「前面好像有一個人！」

我呆了一呆，聽到前面濃密的林子中響起一陣聲音，然後一個白衣人便走了出來。

沒錯，就是那個 **白衣人**！

我緊張到了極點，連忙伸手一拉，將白素拉到了我的身後，一時之間不知該如何是好。因為我知道，我和白素的身手雖然不錯，但是要和強大的外星人對敵，如同 **以卵擊石**。而且，我又知道自己對他們做了一件無法原諒的事，如今白衣人找上門來，自然是 **東窗事發**，要來報仇！

那白衣人來到了我的面前，語氣比我想像中平和：「你不必驚惶，我們要回去了，你們的所作所為，已使我們星球上的人口，減少了五分之三！」

我感到十分內疚，「你……不準備 **報復** 麼？」

白衣人搖頭道：「報復是多麼愚蠢的行為，只會造成愈來愈多的傷害。我早就說過，我們不喜歡毀滅生命，也不希望令地球人痛苦。我們當初選擇移民過來，實在是 **迫不得已**，而且也懷着拯救地球的美好願望。可是現

在，我們已經不需要向地球移民了。」

他這麼説，使我感到更加內疚，登時 😞 **無地自容**，只能哽咽着説：「對不起……」

「我明白你們那麼做，是為了拯救同類的生命。這大大出乎我們意料之外，因為我們長期的研究結論是：地球人喜歡自相殘殺，終有一天會自取滅亡，而且還會連累到地球上的其他物種，甚至宇宙中的其他星體和生物。你和你的那位同伴，明知道自己可以 **明哲保身**，我們願意幫你們移民到別的星球去，但你們還是決定冒險拯救地球人，實在了不起。」

「你對地球人 **改觀** 了？」我問。

但他斬釘截鐵道：「不。我來見你，就是想提醒你，我們對地球人的結論不變，地球人終有一天會自取滅亡，所以你今天所做的一切是 **徒勞無功** 的，別以為自

己做了一件好事。滅亡愈遲來臨，地球人的科技水平就愈高，對宇宙造成的破壞也愈大！」

我聽得 **冷汗直冒**，勉強地回應：「如果地球人不再走自相殘殺的路，那麼我所做的，就有意義了。」

白衣人失聲道：「會麼？地球人會麼？」他一面說，一面已迅速地移動，沒入林中不見了。

但是他的聲音，卻一直在我的耳邊迴響着，直到今天，仍好像聽到那白衣人的聲音在問：「會麼？會麼？」

地球人會不再走自相殘殺的路麼？會麼？

這是一個 **無法回答** 的問題。（完）

案件調查輔助檔案

以偏概全

我站了起來，「先生，剛才我們看到的，只是一個極端例子，你怎麼能**以偏概全**！」

意思：形容以少數的例子或特殊的情況，強行概括整體。

冰山一角

他說：「若把剛才發生的事稱為極端例子，倒不如說那只是**冰山一角**，因為比它更『極端』的例子比比皆是。我可以讓你一一欣賞，請坐。」

意思：冰山體積龐大，露出水面的往往只有山巔的部分，用以比喻事情或問題只顯露出一小部分。

片面之詞

巴圖顯得有點為難，我明白是什麼原因，因為他的相關記憶早已被白衣人完全刪掉，一切資料都來自我的**片面之詞**。

意思：指單方面的說法、言論。

千鈞一髮

就在這**千鈞一髮**間，巴圖按下漁網發射器，一張本來是用來捕捉鯊魚的捕獵網便張了開來，向那外星人當頭罩下去，並立即收緊。

意思：以一根頭髮承載千鈞的重量，用以比喻情況非常危急。

冠冕堂皇

我冷冷地說：「不論你說得多**冠冕堂皇**，你們所做的行為就是謀殺和侵略！」

意思：形容表面上光明正大的樣子。

談不攏

「那我們**談不攏**。向地球移民，是我們星球歷時多年的一個決定，這是極重大的一件事，我們曾經預計會有一場戰爭。所以，犧牲一個人，對我們來說固然痛心，但也是早有心理準備的事。」

意思：指無法談成事情。

嗤之以鼻

巴圖**嗤之以鼻**，「那就更糟，你們想將我們軟禁起來！」

意思：指從鼻子裏發出冷笑聲，以表示不屑或鄙視。

信口雌黃

我和巴圖都瞪着那白衣人，覺得這傢伙在**信口雌黃**。

意思：形容人扭曲事實，任意批評。

危言聳聽

他特意警告：「你們兩人如果不輕舉妄動，那麼我可以向你們保證不用這種方法。而一種全無痛苦的方法，很快就可以研究出來了。如果你們覺得我剛才的話只不過是**危言聳聽**，那可要看一看示範？」

意思：指故意説一些誇大的話，讓聽見的人感到害怕。

以卵擊石

因為我知道，我和白素的身手雖然不錯，但是要和強大的外星人對敵，如同**以卵擊石**。

意思：以雞蛋擊向石頭，比喻弱勢的一方攻擊強勢的一方，結果必然失敗。

東窗事發

而且，我又知道自己對他們做了一件無法原諒的事，如今白衣人找上門來，自然是**東窗事發**，要來報仇！

意思：形容秘密計劃的事情已被揭發。

明哲保身

你和你的那位同伴，明知道自己可以**明哲保身**，我們願意幫你們移民到別的星球去，但你們還是決定冒險拯救地球人，實在了不起。

意思：指善於洞察形勢的人會保護自己，不參與危害自身安全和利益的事情。

衛斯理系列 少年版 33
紅月亮 下

作　　　者：衛斯理（倪匡）

文 字 整 理：耿啟文

繪　　　畫：鄺志德

助理出版經理：林沛暘

責 任 編 輯：陳志倩

封面及美術設計：張思婷

出　　　版：明窗出版社

發　　　行：明報出版社有限公司

　　　　　　香港柴灣嘉業街 18 號

　　　　　　明報工業中心 A 座 15 樓

電　　　話：2595 3215

傳　　　真：2898 2646

網　　　址：http://books.mingpao.com/

電 子 郵 箱：mpp@mingpao.com

版　　　次：二〇二四年一月初版

I S B N：978-988-8829-02-6

承　　　印：美雅印刷製本有限公司